D1685581

UNIVERSITY *of* LIMERICK

TELEPHONE: 061 202158 / 202172 / 202163

Items can be renewed from BORROWER INFO on the Library Catalogue
www.ul.ie/~library

PLEASE NOTE: This item is subject to recall after two weeks if
required by another reader.

CLÓ ΩHAIGH EO

1

Bhí sé in am scoile.
Bhí na páistí ag fanacht ar Mhúinteoir Molly.

'Tá sí MALL!' arsa an tUasal Ó Dónaill, an Príomhoide.
'Is gráin liom MALL. Is fuath liom mall!'
Bhí sé ar deargbhuile.

Ghlaoigh an tUasal Ó Dónaill amach an rolla.
D'fhreagair na páistí nuair a chaula siad a n-ainmneacha.
Gach duine …seachas Jamaal.

Bhí sé ag féachaint amach an fhuinneog.
'Cad atá amuigh ansin?' arsa an tUasal Ó Dónaill.

'Chonaic mé Múinteoir Molly *ag dul thart*!' arsa Jamaal.
'Ar an mbus…ar an mbus luais!
Ní stadann sé go mbaineann sé an baile amach!'

'Beidh orainn fanacht mar sin!' arsa an tUasal Ó Dónaill.
'Mall! MALL! Is gráin liom MALL!'

D'oscail doras an tseomra ranga.
Múinteoir Molly a bhí ann.
'Tá brón orm go bhfuil mé mall, a Uasail Uí Dhónaill,' ar sise.

'Ní thosódh mo charr!
Ghlac mé an bus mícheart.
Chuaigh sé isteach sa bhaile *gan* stopadh!
Bhí orm rith ar ais an bealach ar fad!'

Bhí aghaidh an Uasail Uí Dhónaill dearg!
'Tá an Cigire Scoile ag teacht,' ar seisean,
'le héisteacht le rang ceoil!'
Agus…amach leis.

'Caithfidh sibh go léir an rud a iarraimse oraibh a dhéanamh!'
arsa Múinteoir Molly.
'Ná bígí ag caint, ná bígí amaideach!
Cuimhnigí, a pháistí, bígí i bhur dtost!'

Cnag! Cnag!
'Dia daoibh ar maidin, a pháistí,' arsa an Cigire Scoile.
Ní raibh gíog ná míog as na páistí.

14

'Dia daoibh ar maidin, a pháistí,' ar seisean arís.
Ach arís níor fhreagair na páistí.
Chuimhnigh Múinteoir Molly ar an méid a dúirt sí leo.
Bhí a haghaidh bándearg.

'A pháistí', ar sise, 'abraigí *Dia duit ar maidin*' leis an gCigire!'
'Dia duit ar maidin, a Chigire,' arsa na páistí d'aon ghlór amháin.
Rinne an Cigire gáire.

'Tá sé in am ceoil,' a dúirt sé.
Ar aghaidh le Múinteoir Molly go dtí an pianó.

Shéid Jamaal an corn.
Bhuail Peadar an druma.
Sheinn na paistí ar na tambóiríní, an siolafón,
na ciombail agus ar an triantán.

D'éist an tUasal Ó Dónaill lasmuigh den seomra ranga.
'Gheobhaidh mé mo ghiotár agus seinnfidh mé leo,'
a dúirt sé leis féin.

Scríobh Múinteoir Molly ar an gclár bán:
'Déantar nótaí trí chiorcail a tharraingt.
Bíonn maide ar chuid de na ciorcail.
Bíonn eireabaill ar chuid eile acu.'

'Déanaigí pictiúir de na nótaí i bhur gcóipleabhair,' a dúirt sí.
'Leathlán, ceathrú nóta agus nóta iomlán.'

'Tá na pictiúir go hiontach,' arsa an Cigire Scoile.
Chuir Múinteoir Molly réalta ór ar bharr leathlán álainn cruinn
Pheadair.

'Féach cad a chuir tú os cionn na réalta!' arsa Peadar.
'Ó! Rinne mé botún arís!' arsa Múinteoir Molly.

'Seinnfidh muid an mháirseáil,' arsa Múinteoir Molly.
Tháinig an tUasal Ó Dónaill isteach lena ghiotár.
Cheap sé go raibh an tangó á sheinm acu.

'Rum-rum! Strrrrum-strrrrummmm!
Túú-túú! Pucccccc!
Nach uafásach, tubaisteach, milteannach an torann a rinne siad!

'Tá an torann cosúil le haláram dóiteáin,' arsa an Cigire Scoile. D'inis na páistí dó faoi na rudaí greannmhara go léir a tharla i rang Mhúinteoir Molly.

'Tuigim go díreach!' ar seisean agus é ag gáire.
'Beidh mé ar ais arís amárach.'
Nuair a d'fhág sé an scoil bhí aoibh go dtí na cluasa air!

Foilsithe ag Cló Mhaigh Eo,
Clár Chlainne Mhuiris,
Co. Mhaigh Eo,
Éire.
www.leabhar.com
colman@leabhar.com
094-9371744

ISBN 1-899922-34-2

Dearadh: raydes@iol.ie
Clóbhuailte in Éirinn ag Clódóirí Lurgan Teo.

Buíochas le Eithne Ní Ghallchobhair

Faigheann Cló Mhaigh Eo cabhair ó Bhord na Leabhar Gaeilge.

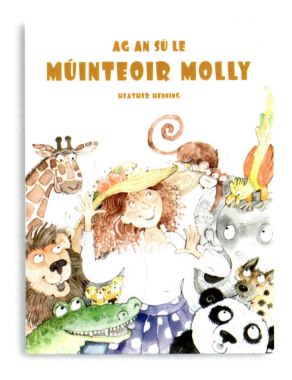

Ag an sú atá Múinteoir Molly agus na páistí agus iad
ag baint an-sult as.
Glacann Múinteoir Molly páirt sa spraoi freisin.
Ach ansin cuireann moncaí beag suim ina hata!

ISBN: 1-899922-33-4

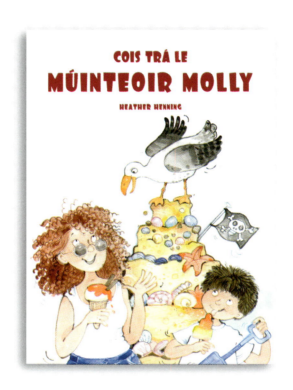

Tá Mícheál cois trá lena Aintín Molly.
Tá sliogáin, gliomóga, portáin agus a lán, lán eile le feiceáil.
Ach cá bhfuil a gcairrín beag dearg imithe?

ISBN: 1-899922-32-6

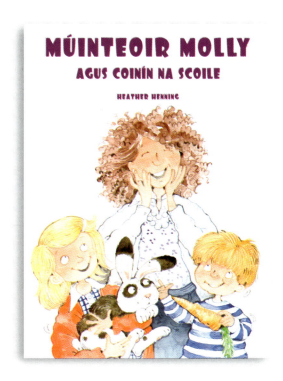

I seomra na gcótaí atá deartháir beag Laoise.
Ach cén fáth go gceapann Múinteoir Molly go n-íosfaidh
sé leitís agus meacan dearg?
Ar ndóigh, tá a bealach féin ag múinteoir Molly!

ISBN: 1-899922-31-8